AF308631

...thèque Syndicale et Ouvrière

Léon ARISTID

Soutane et Blouse

PARIS

IMPRIMERIE	AU BUREAU
Joseph TÉQUI	de l'Echo des Syndicats
70, Avenue du Maine	14, rue des Petits-Carreaux

Bibliothèque Syndicale et Ouvrière

Cette bibliothèque se compose d'une série de petites brochures destinées à être distribuées après une réunion par les soins d'un comité soit aux ouvriers, soit aux jeunes gens.

N° 1. — **Le Roi Salomon** ou la **Vente à crédit.** Combat le procédé juif de la vente par abonnement.

N° 2. — **Un soir d'hiver,** étude sociale prise sur le vif, montrant le rôle désastreux du franc-maçon dans la commune ou le canton.

N° 3. — **La Terre libre,** où l'on raconte avec humour l'échec d'une caravane d'ouvriers voulant vivre dans le collectivisme.

N° 4. — **Fumistes!** Cinq études mettant à découvert les tartuferies des meneurs socialistes.

N° 5. — **Victime!** Divers récits par lesquels on montre le tort considérable fait aux travailleurs par certaines dispositions législatives.

N° 6. — **Le vrai Syndicat.** Piquant récit qui met en évidence les avantages et les bienfaits d'un groupement professionnel basé sur l'entente entre le capital et le travail.

N° 7. — **Grève manquée.** Intéressant épisode dans lequel le jeu de certains gréviculteurs est mis à jour et donne aux ouvriers sérieux le dégoût de ces professionnels du désordre.

N° 8. — **L'Héritage de Balédent.** Aventure fantastique dans laquelle on montre un prolétaire, devenu un heureux du siècle, s'intéressant avec intelligence au sort des malheureux et accomplissant ainsi son devoir social.

N° 9. — **Pensez à demain.** Récits pleins d'intérêts, puisés dans la vie ouvrière, exhortant les travailleurs à compter beaucoup sur eux-mêmes pour bien conduire le budget de la famille.

Condit. de vente :

0 fr. 10 l'ex.; 8 fr. le cent; 60 fr. le mille.

Les commandes doivent être adressées soit à M. l'administrateur de **l'Echo des Syndicats,** *14, Rue des Petits-Carreaux, Paris* (iie); *soit à* M. Joseph Téqui, imprimeur, *70, Av. du Maine, Paris* (xive).

Soutane et Blouse

I. — LE REPOS DU DIMANCHE

« Décidément, l'abbé, vous avez eu là une fichue idée. Je regrette bien d'avoir cédé à toutes vos belles raisons, nous voilà bien lotis, maintenant ! »

Et M. Moriot, directeur de l'usine, se mit à arpenter son bureau à grandes enjambées, l'air furieux, les mains crispées derrière le dos, pendant que l'abbé Brûlot, curé de la paroisse, restait tout interdit, n'osant souffler mot.

Il n'avait pourtant pas froid aux yeux, l'abbé Brûlot, mais que pouvait-il répondre à cet homme, qu'il venait de plonger dans un si cruel embarras ? Il n'avait qu'à s'excuser, à protester de ses bonnes intentions, et c'est ce qu'il tenta de faire, mais dès les premiers mots qu'il prononça, M. Moriot l'arrêta court.

« Allons donc ! je vous avais prévenu ; je sais bien qu'en théorie, le repos du Dimanche est une belle chose ; les journées passées en famille, la joie de faire sauter les enfants sur les genoux, les promenades dans la campagne, la possibilité de remplir les devoirs religieux. Tout cela, ça fait très bien dans les journaux pieux, et dans les Revues rédigées par des sociologues en chambre; mais dans la réalité, cela se passe tout autrement. Voulez-vous me dire, je vous prie, combien de ces chenapans ont profité du repos qu'ils vous doivent pour aller écouter votre messe, dimanche dernier? Je suis bien sûr que vous n'en avez pas eu un seul. Si encore, ils étaient restés tranquillement chez eux! Mais au lieu de cela, ils ont traîné toute la journée dans les caboulots du pays, ils ont dépensé en orgies la plus grande partie de leur paye, et pendant toute la semaine, ils vont venir m'embêter pour avoir des acomptes. Savez-vous que lundi dernier, plus de cinquante ont manqué à l'appel, incapables de se rendre à leur travail pour s'être trop « reposés » la veille?

Ah! vraiment, c'est une belle invention, le repos du Dimanche! Mais je trouve l'expérience assez concluante, et, dimanche prochain, le travail reprendra comme par le passé. »

L'abbé Brûlot, tout décontenancé, ne savait que répondre. Déjà il se dirigeait vers la porte de sortie, lorsqu'une idée l'arrêta.

« Pourtant, monsieur le Directeur, dit-il d'une voix très douce, si quelques-uns de vos ouvriers, vous demandaient de leur laisser leur journée du dimanche, la leur accorderiez-vous?

— Cela, monsieur le curé, c'est une autre affaire; sur ce point, je ne demande pas mieux que de vous donner satisfaction. D'ailleurs, je ne vous en veux pas; je suis persuadé que vous avez agi avec les meilleures intentions du monde. Au revoir! »

L'abbé Brûlot s'en alla la tête basse; il venait d'éprouver une cruelle déception.

Il n'y avait guère que trois mois que l'abbé Brûlot était curé de Givray. C'était un prêtre d'une trentaine d'années, taillé en athlète, doué de beaucoup d'intelligence et de bonne volonté.

Dans les différentes paroisses où il avait rempli les fonctions de vicaire, il n'avait pas toujours été d'accord avec ses curés qui l'accusaient d'avoir des idées trop « avancées ». Plusieurs fois, il n'avait pas craint d'assister à des réunions publiques et d'y prendre la parole ; il aimait à causer avec les ouvriers, et si une grève éclatait, si des coups étaient échangés, il plaidait toujours les circonstances atténuantes en faveur de ceux qu'il appelait les pauvres égarés.

Un jour, l'évêque le fit appeler et lui dit :

« Mon cher enfant, le curé de Givray vient de mourir. C'est, vous le savez, la plus mauvaise paroisse du diocèse, voulez-vous aller là-bas et essayer d'y faire un peu de bien ? Le champ est libre et vous pourrez y faire l'expérience de vos théories. » L'abbé Brûlot accepta avec enthousiasme, et quinze jours plus tard, il était installé à Givray.

Dès les premiers jours, il s'aperçut qu'il aurait fort à faire. L'évêque ne lui avait dit qu'une faible partie de la vérité en lui signalant Givray comme une mauvaise paroisse. En réalité c'était une succursale de l'enfer.

La population se composait presque exclusivement du personnel de deux vastes usines, une tréfilerie et une manufacture de produits chimiques.

Dans cette localité de 1800 âmes, tout le monde était ardemment révolutionnaire. La

municipalité était recrutée parmi les tenan-
ciers de caboulots plus ou moins interlopes qui
formaient à peu près le seul commerce de la
ville, les ménages irréguliers ne se comptaient
plus; en revanche, il était très facile de compter les baptêmes, les mariages et les enterre-
ments religieux. Depuis au moins dix ans, le
vieux curé de Givray disait sa messe devant
des chaises vides, et très souvent il était forcé
d'envoyer chercher son bedeau chez les marchands de vins, où il séjournait plus volontiers qu'à l'église.

Ce brave curé — qui était d'ailleurs d'un âge
avancé — avait pris son parti de cet état de
choses, il sortait rarement de chez lui, et on ne le
voyait jamais dans les rues. Lorsque l'abbé
Brûlot arriva dans le pays, il alla d'abord rendre visite au maire, qui s'empressa de lui fermer sa porte au nez; puis il se présenta chez le
directeur de la tréfilerie, qui lui dit à peu près
poliment qu'en sa qualité de franc-maçon, il
ne pouvait avoir aucun rapport avec lui.

Sans se décourager, le curé alla frapper à la
porte du directeur de la fabrique de produits
chimiques. Là, il fut bien reçu, mais lorsqu'il
parla de certains projets qu'il avait en tête
M. Moriot l'arrêta en lui disant :

« Malheureux ! vous ne connaissez pas les
gens au milieu desquels vous vous trouvez ; il
n'y a rien à faire avec eux. Laissez-les tran-
quilles, ne vous occupez pas d'eux ou il vous
arrivera malheur.

— Bah ! nous verrons bien, riposta le curé ! »

Le lendemain, comme il se promenait sur la
grande place, il entendit derrière lui un couac !
retentissant. Il se retourna et aperçut un gail-
lard d'une vingtaine d'années qui, les bras
croisés, semblait le narguer.

Sans hésiter, le prêtre s'avança vers le vaurien qui l'attendit sans bouger d'une semelle.

« À qui en avez-vous, mon ami, demanda le curé d'un ton calme.

— A bas la calotte ! » hurla l'autre pour toute réponse.

Il n'avait pas achevé que le curé, d'une gifle formidable, l'envoyait rouler à trois pas, en lui disant :

« Ramasse toujours celle-là en attendant ! »

L'incident avait eu des témoins et fut vivement commenté dans tout le pays.

Chose extraordinaire, beaucoup d'ouvriers, bien que socialistes, trouvèrent que le curé avait bien fait de n' pas se laisser insulter, et ce fut le commencement de sa popularité. Bientôt, on s'habitua à le rencontrer dans la rue ; un jour, un ouvrier lui dit :

« Monsieur le curé, vous avez l'air d'un bon zigue, malheureusement, ici, nous sommes tous socialistes, et par conséquent il nous sera très difficile de faire bon ménage ensemble.

— C'est une erreur, mon ami, répondit le prêtre, car je suis peut-être plus socialiste que vous. »

Et il partit, pendant que l'ouvrier s'empressait d'aller raconter cette conversation à ses camarades.

Au bout de deux mois, la population de Givray était habituée à son nouveau curé ; il pouvait passer dans les rues sans être insulté ; à diverses reprises, il s'était risqué à visiter des ouvriers malades, auxquels il avait laissé un léger secours, et quelques-uns de ceux-là n'hésitaient pas à le saluer quand ils le rencontraient.

L'abbé Brûlot se rendait parfaitement compte qu'il gagnait du terrain ; il résolut un jour de tenter un grand coup et alla demander à M. Moriot, le directeur de l'usine de produits chimiques de renoncer à faire travailler ses ouvriers, le dimanche.

M. Moriot résista d'abord, mais l'abbé étant revenu plusieurs fois à la charge, il finit par céder ; on a pu voir que le résultat de cette tentative n'avait pas été heureux.

*
* *

L'abbé, une fois sorti du bureau du directeur, se dirigea vers la campagne ; il avait besoin de prendre l'air, de rassembler ses idées. Il suivait tout pensif le chemin qui longe le mur de la fabrique, et il se disait : « Je suis allé trop vite, j'aurais dû attendre encore un peu... Comment faire, mon Dieu ! pour réparer cette gaffe, car il n'y a pas à dire, c'en est une, et de taille, encore !... » Brusquement, l'abbé s'arrêta, il se trouvait près d'un terrain d'une certaine étendue, au moins deux hectares — et complètement inculte. Les chardons et autres herbes folles y poussaient librement. Ce terrain attenant à l'usine, était entouré d'un treillage en fil de fer, on voyait qu'il n'avait pas été cultivé depuis plusieurs années.

L'abbé ne bougeait pas ; il semblait contempler avec une attention profonde, les boutons d'or, les fleurs jaunes des pissenlits et les marguerites, et répétait, comme se parlant à lui-même :

« Oui, c'est cela, cela ferait bien l'affaire... »

Tout à coup, il aperçut un gamin d'une douzaine d'années, qui s'avançait dans sa direction, les mains dans les poches ; il l'appela. Le gamin s'étant approché, le curé lui demanda à qui appartenait ce terrain.

« A la fabrique de produits chimiques, monsieur le curé, » répondit le gosse. L'abbé le remercia, et continua sa promenade, mais de temps à autre, il se retournait vers le terrain en friche et répétait toujours sa phrase mystérieuse :

« Oui, si c'était possible, ça ferait joliment bien mon affaire... »

II. — L'AFFAIRE BRICOIGNE

L'abbé Brûlot venait de faire une longue promenade dans la campagne ; il se préparait à se mettre à table et se promettait de faire honneur à son frugal dîner, lorsque la sonnette de la porte d'entrée du presbytère retentit.

« Brigitte ! s'écria le curé, on a sonné, allez vite ouvrir. »

La servante obéit, et au bout d'un instant introduisait le visiteur dans la salle à manger.

C'était un gamin d'une douzaine d'années, très pauvrement vêtu. Il paraissait en proie à un violent chagrin et sanglotait à fendre l'âme.

Le curé s'était levé, et d'une voix douce, il demanda au gamin la cause de ses larmes et ce qu'il attendait de lui.

Mais le pauvre enfant était si ému qu'il continuait à pleurer de plus belle, ne pouvant que répéter d'une voix entrecoupée :

« Monsieur le curé!... Monsieur le curé!

— Allons, voyons, dit le prêtre, qu'est-ce qu'il y a! pourquoi pleures-tu ainsi? »

Avec beaucoup de peine, l'enfant parvint à expliquer que les gendarmes venaient d'emmener son père en prison, parce qu'il s'était battu au cabaret ; que sa mère était malade, et qu'ils étaient à la maison six enfants dont il était l'aîné, qui se trouvaient sans ressources et sans pain...

Quand il eut fini de donner ces brèves explications, l'enfant recommença à pleurer.

« Voilà une affaire à laquelle je ne comprends pas grand'chose, dit le curé, je voudrais bien avoir des renseignements un peu plus précis ; allons, essuie tes yeux, et conduis-moi chez toi! » Et tous deux s'acheminèrent vers le logis du gamin.

*
* *

Après un quart d'heure de marche, le prêtre, tenant l'enfant par la main arriva à l'entrée d'une cour où se trouvaient plusieurs habitations d'ouvriers; apercevant un groupe de femmes qui causaient avec animation, il s'approcha, espérant pouvoir recueillir quelques renseignements. Son attente ne fut pas trompée.

En moins de cinq minutes, il était informé que Bricoigne, chauffeur aux produits chimiques, s'était pris de querelle au cabaret avec un autre ouvrier nommé Mantoux ; ils avaient joué aux cartes ensemble toute l'après-midi, et Mantoux, qui avait perdu de nombreuses tournées, refusait de payer.

Une rixe avait alors éclaté entre les deux hommes, et d'un coup de pied, Bricoigne avait cassé une jambe à son adversaire ; puis il avait insulté le garde champêtre et le maire de la commune.

On avait été forcé de réquisitionner plusieurs hommes pour le conduire au violon où il avait passé la nuit, et ce matin, les gendarmes étaient venus le chercher pour le conduire à la prison du chef-lieu d'arrondissement.

Ce malheureux qui, à jeun, était doux comme un mouton, laissait dans le plus profond dénuement sa femme malade et ses six enfants.

Le curé se fit conduire à la maison de Bricoigne, et là se trouva en présence d'un lamentable et lugubre tableau. Le logis se composait d'une seule pièce, dans le fond de laquelle se trouvait, dans une alcove, le lit sur lequel était immobilisée la mère, atteinte de rhumatismes. Elle tenait dans ses bras un bébé de quelques mois, un autre dormait à côté d'elle.

Près d'un poêle sans feu, une fillette de huit ou neuf ans était assise, et essayait d'amuser deux autres bambins dont l'un marchait à peine tout seul.

Ces enfants pâles et maigres, étaient vêtus de haillons ; il suffisait de jeter un coup d'œil rapide autour de soi pour s'apercevoir que ces pauvres gens étaient privés des choses les plus indispensables.

Qu'allaient devenir ces pauvres créatures, si l'absence du père se prolongeait ?

Mais il fallait d'abord leur procurer de quoi vivre pendant quelques jours.

Après avoir causé quelques instants avec la pauvre mère, et lui avoir promis de faire son possible pour obtenir la mise en liberté de son mari, l'abbé Brûlot rentra au presbytère.

**

Il fut accueilli par les reproches de sa servante, qui lui déclara que ça n'avait pas de bon sens de s'en aller ainsi au moment du repas, que le dîner serait froid, et que M. le curé serait bien avancé quand...

Mais M. le curé se hâta de couper court au verbiage de Brigitte, et d'un ton qui n'admettait pas de réplique, il lui ordonna d'aller porter immédiatement du pain, du lait, du sucre et d'autres provisions à la maison de Bricoigne.

Lorsque Brigitte eut bourré de victuailles de toutes sortes le grand panier à couvercle dont elle se servait pour faire ses commissions, elle demanda :

« Monsieur le curé n'a pas d'autres ordres à me donner ? »

L'abbé Brûlot réfléchit un instant et répondit :

« Pendant que vous serez là-bas, vous ferez bien de donner un coup au ménage de ces pauvres gens ; il en a grand besoin ; et puis, vous vous occuperez de la malade ; je vais sortir, je n'aurai pas besoin de vous cette après-midi. »

Brigitte se repentit alors d'avoir parlé ; elle sortit en bougonnant :

« Allons bon ! me voilà devenue sœur de charité, à présent. »

**

Lorsque sa servante fut partie, l'abbé Brûlot sortit à son tour et alla trouver le maire ; il lui raconta sa visite à la maison de Bricoigne, lui représenta la misère de la malheureuse famille, et lui dit qu'il fallait absolument obtenir la mise en liberté provisoire de l'ouvrier.

Le maire fut très étonné de voir le curé intervenir dans cette affaire, mais après y avoir réfléchi, il se dit qu'après tout, le prêtre ne faisait que ce que lui-même aurait déjà dû avoir fait, et que du moment que le curé sollicitait son concours, il aurait mauvaise grâce à refuser. Il consentit donc à signer un certificat, attestant que Bricoigne n'était pas mal noté dans la commune, qu'il avait six enfants à sa charge, sa femme malade, et que son salaire constituait les seules ressources de sa famille.

Muni de ce certificat, sur lequel fut apposé le cachet de la mairie, le curé se rendit à l'usine et demanda à voir le directeur.

M. Moriot le reçut immédiatement; il consentit sans difficulté à donner lui aussi un certificat constatant que Bricoigne était employé depuis plusieurs années à l'usine, et qu'il était satisfait de son travail et de sa conduite. Par exemple, il consentit moins facilement à ajouter qu'il était tout disposé à réoccuper son chauffeur à sa sortie de prison ; mais l'abbé Brûlot insista avec tant d'éloquence, faisant ressortir l'affreuse situation de la famille de l'ouvrier, que le directeur finit par se laisser attendrir.

Muni de ces deux certificats, le curé de Givray fila bien vite au chef-lieu de l'arrondissement. Il se rendit à la gendarmerie, d'où on le renvoya chez le procureur de la République, lequel, après avoir conféré avec le juge d'instruction, consentit à mettre Bricoigne en liberté provisoire.

Ce fut seulement le lendemain matin que les portes de la prison s'ouvrirent devant lui.

* *
*

Bricoigne ne fut pas long à rappliquer chez lui. Il ne fut pas médiocrement étonné de trouver sa maison balayée, ses gosses débarbouillés, et du pain et du fromage dans la huche; Brigitte était en effet revenue faire un tour dans la matinée, — et cette fois, elle était venue d'elle-même, sans que son maître le sût.

Mais où Bricoigne tomba des nues, ce fut lorsqu'il apprit que c'était grâce au curé que sa femme et ses enfants n'étaient pas morts de faim, et que c'était à la suite des démarches du prêtre qu'il était sorti de prison. Bricoigne n'en revenait pas! Lui qui n'avait pas mis les pieds à l'église depuis son mariage — et encore il y était allé parce que sa femme l'avait absolument exigé, — lui dont les enfants n'avaient jamais fréquenté le catéchisme... pourquoi ce curé qui ne le connaissait pas, avait-il fait cela pour lui?

Bricoigne eut beau se creuser la cervelle, il ne comprenait pas. Pourtant, il se dit qu'il ne pouvait pas faire autrement que d'aller remercier son bienfaiteur, et il se dirigea vers le presbytère.

* *
*

« Eh bien! lui dit le curé, en lui tendant la main, vous voilà dehors; j'espère que cette aventure vous servira de leçon, et qu'une autre fois, vous serez moins vif? »

Bricoigne, très gêné, ne savait guère quoi répondre. Pour mettre fin à son embarras, le curé lui dit :

« Allons, c'est très bien ; maintenant, il faut vous dépêcher de rentrer chez vous, de déjeuner, et d'aller à votre travail ; ce soir, j'irai vous trouver, et nous causerons ; car vous n'êtes pas encore hors d'affaire, mon pauvre ami ; on vous a mis en liberté provisoire, mais ça ne vous empêchera pas de passer en police correctionnelle où vous serez sûrement condamné.

Il vous faut un avocat, et si c'est possible des témoins à décharge ; d'ailleurs je vous aiderai ; allons ! à ce soir ! »

L'ouvrier ne s'en allait pas ; il voulait dire quelque chose, mais hésitait à parler.

« Vous avez quelque chose à me demander ? Eh bien, allez, ne vous gênez pas !

— Monsieur le curé, dit Bricoigne,... c'est que... après l'affaire de dimanche ... je ne sais pas s'ils voudront me reprendre, à la fabrique ?

— Ah ! c'était ça qui vous tracassait, dit en riant le curé ; tranquillisez-vous, mon brave ; l'affaire est arrangée, j'ai passé par là ; votre place est toujours libre, on vous attend. »

Pour le coup, Bricoigne ne put s'empêcher de dire :

« Mais enfin, monsieur le curé, pourquoi donc avez-vous fait tout ça pour moi ? Vous ne me connaissez pas, je ne vais jamais à la messe, ma femme non plus, ni mes gosses !

Moi, je ne suis qu'un pauvre diable d'ouvrier, je ne sais pas parler comme il faudrait pour vous remercier, mais je tiens à vous dire que vous êtes rudement un bon typ , et que si jamais vous avez besoin que Bricoigne se fasse casser la figure pour vous, vous n'avez qu'un mot à dire.

— Vous ne me devez aucun remerciement, mon ami, dit gravement le curé ; en voûs rendant service, je n'ai fait que mon devoir, vous disiez tout à l'heure que je ne vous connaissais pas, c'est la vérité. Mais si vous aviez été mon ennemi, si, avant votre affaire, vous m'aviez fait du mal, j'aurais agi de même envers vous, parce que c'est mon devoir, parce que la religion que je sers me l'ordonne. »

« La religion, la religion, disait Bricoigne en retournant chez lui, mais alors, ce n'est donc pas ce que les socialistes en disent dans les réunions publiques ; elle ordonne de venir en aide à ceux qui sont dans la mistoufle, de rendre service à ceux qui vous ont fait des crasses ? Diable, mais alors les conseillers municipaux et les chefs de la sociale qui prétendent qu'elle ne sert qu'à abrutir le peuple, à nous cacher la vérité, ils se fichent de nous, ils nous content des blagues!...

Ah mais ! faudra voir ça, par exemple !... »

*
* *

« Bricoigne, levez-vous ! »

L'accusé obéit ; il se dressa, puis regarda autour de lui. Il fit un signe de tête à Mantoux, qui était au banc des témoins, et qui, très loyalement avait déclaré aux juges avoir eu les premiers torts, en refusant de payer les tournées qu'il avait perdues ; il reconnut dans la salle quelques-uns de ses camarades de l'usine, le directeur, M. Moriot, qui venait de donner d'excellents renseignements sur son compte, le curé, qui se tenait debout au fond de la salle, et, tout près de lui, derrière le banc où il se trouvait, sa femme convalescente, qui tenait son dernier bébé dans ses bras.

Cependant le président lisait le jugement :

« Attendu qu'il résulte des débats que Bricoigne s'est livré à des voies de faits sur le nommé Mantoux, etc. »

Il y avait un grand nombre d'attendus suivis d'une respectable collection d'articles du Code pénal.

A tout cela, Bricoigne ne comprenait pas grand'chose, mais quand le juge prononça ces paroles : « le condamne à un mois d'emprisonnement et cinquante francs d'amende », Bricoigne sentit la terre se dérober sous ses pieds, et retomba lourdement sur son banc.

Le greffier le prit par l'épaule et le fit relever.

Ce n'était pas fini ; le président continuait :

« Mais, attendu d'autre part, que Bricoigne a de bons antécédents, qu'il n'a jamais été condamné, et que les renseignements recueillis sur son compte sont excellents, le tribunal lui fait application de la loi de sursis. »

Et le président ajouta d'un ton paternel :

« Vous entendez, Bricoigne, vous êtes condamné à un mois de prison et 50 fr. d'amende, mais le tribunal vous accorde le bénéfice de la loi Bérenger. Vous ne ferez pas votre prison et vous ne paierez pas l'amende, si, d'ici cinq ans, vous ne subissez pas une autre condamnation. »

Bricoigne respira longuement ; il ne croyait pas en être quitte à si bon compte.

Lorsque la nouvelle fut connue à Givray, ce fut à qui viendrait féliciter le condamné.

Cette aventure fut vivement commentée pendant plusieurs jours, et parmi cette population révolutionnaire, un sourd mouvement se produisait ; on ne parlait pas de l'affaire Bricoigne, sans apprécier la conduite du curé ; on sentait que l'abbé Brulot n'était pas un homme ordinaire, et que bientôt, il y aurait du changement à Givray.

III. — L'AVOCAT DES OUVRIERS.

« Pardon, monsieur le curé, je ne vous dérange pas ? J'aurais quelque chose à vous demander...

— Tiens, c'est vous, Bricoigne ? Mais non, mon ami, vous ne me dérangez pas du tout. En quoi puis-je vous être utile ?

— Eh bien, monsieur le curé, voilà l'affaire ; vous vous rappelez qu'après l'aventure qui m'est arrivée, je vous ai promis de ne plus mettre les pieds au cabaret ; j'ai tenu ma promesse jusqu'à présent ; mais il arrive souvent que je suis très embarrassé. Quand je ne suis pas de service, je ne sais pas à quoi passer mon temps ; si je reste chez moi, je ne m'amuse guère ; si je vais me promener, je risque de rencontrer un camarade, qui m'emmènerait tout de suite où je vous ai promis de ne pas retourner ; ce matin, je suis passé, en revenant de mon travail, devant votre jardin, et il m'est venu une idée.

« Je me suis dit : monsieur le curé a un grand jardin, où il doit y avoir pas mal d'ouvrage à faire ; comme je ne suis pas trop maladroit en fait de jardinage, il pourrait peut-être m'occuper à mes moments perdus ; de cette façon, je ne risquerais pas de me retrouver un jour où l'autre assis devant une table du marchand de vin.

— C'est vraiment une riche idée que vous avez eue là, mon brave, dit en riant l'abbé Brûlot ; et puisque vous avez si bonne envie de travailler, je vais vous embaucher tout de suite ; venez avec moi ! »

Dix minutes plus tard, Bricoigne, un immense arrosoir au bout de chaque bras, avait déjà aspergé copieusement deux magnifiques carrés de salades.

Le curé, qui avait admiré la vigueur et l'entrain de son nouveau jardinier, semblait réfléchir, debout près de la porte du couloir donnant sur le jardin.

Au bout d'un instant, il revint lentement dans sa salle à manger puis se dirigea vers la fenêtre, et de là, il regarda au travers des rideaux Bricoigne, qui, après avoir reposé ses arrosoirs, s'était emparé d'une bêche, et se préparait à retourner un carré de terrain. « C'est bien cela, murmura le curé ; le mal, c'est l'alcoolisme, c'est le marchand de vin, et le remède, le voilà ! » Et prenant son bréviaire qui était sur la table, l'abbé Brûlot sortit et se dirigea vers l'usine.

*
* *

« Bonjour, monsieur le Directeur !

— Bonjour, monsieur le curé ! asseyez-vous, je vous prie.

— Je vous remercie, monsieur le Directeur, mais je viens pour vous demander un simple renseignement...

— Dites ?...

— Le terrain qui se trouve derrière votre usine vous appartient, je crois ?

— En effet, monsieur le curé.

— Et qu'en faites-vous de ce terrain ?

— Absolument rien ; nous l'avions acheté il y a trois ans, dans l'intention de nous agrandir, mais depuis, nous avons eu une grève qui a fait passer à l'étranger une grande partie de notre clientèle, et tout dernièrement, nous venons d'acheter un nouveau matériel, qui nous permet de doubler notre production, sans nous imposer de constructions nouvelles.

— Alors votre projet d'agrandissement est tout à fait abandonné ?

— Tout ce qu'il y a de plus abandonné, monsieur le curé.

— Alors, puisque votre terrain est complètement inutile, consentiriez-vous à me le vendre ?

— Et qu'en ferez-vous ?

— Ah, cela ! dit en riant l'abbé Brûlot, c'est un secret que je ne puis encore vous révéler ; vous ne le saurez que plus tard ; mais j'aurais besoin de savoir approximativement le prix de votre terrain, car je vous avouerai franchement que je ne me fais aucune idée de ce qu'il peut valoir.

— C'est bien simple, répondit le directeur ; nous l'avons payé six mille francs, et nous vous le laisserions au même prix.

— Merci bien, monsieur le Directeur, c'est tout ce que je voulais savoir. »

Et le curé de Givray sortit, pendant que M. Moriot se demandait : « Mais que diable veut-il faire de ce terrain ? C'est décidément un drôle de curé que nous avons là ! »

*
* *

De son côté, l'abbé Brûlot se disait : « Me voilà maintenant renseigné ; jusqu'à présent, ça marche comme sur des roulettes ; ce terrain fera tout à fait mon affaire ; il est vrai qu'il me manque encore les six mille francs nécessaires pour l'acheter, mais avec l'aide de Dieu, nous en viendrons à bout !... »

La marquise de Présart venait — ainsi qu'elle le faisait tous les ans au commencement de l'été — de s'installer dans son château situé à deux kilomètres de Givray.

La marquise était extrêmement riche ; elle possédait un des plus jolis hôtels de Paris ; elle n'avait qu'un fils, officier dans un régiment d'artillerie, près de la frontière de l'Est. C'était une femme approchant de la soixantaine, mais qui était très robuste et ne paraissait pas son âge ; elle était d'un caractère assez fantasque et dépensait des sommes énormes pour soutenir des œuvres d'une utilité plutôt contestable. Tous les journaux avaient annoncé le don de cinquante mille francs qu'elle avait fait à l'œuvre du cimetière des chiens, et personne n'ignorait que chaque année elle consacrait quelques billets de mille francs à l'achat de chapeaux de paille qu'elle faisait distribuer aux charretiers et aux cochers... pour leurs chevaux.

A part ces fantaisies, en somme excusables chez une millionnaire, la marquise de Présart était une excellente personne, très charitable, et dont le seul défaut était d'être un peu trop entichée des titres de noblesse de son défunt mari.

Un matin, comme madame la marquise venait de descendre dans son parc, sa femme de chambre vint lui annoncer que le nouveau curé de Givray désirait lui parler.

« Tiens, c'est vrai, dit-elle, j'avais oublié la mort de notre brave vieux curé ; c'était un très digne homme, et je ne suis pas fâchée de faire connaissance avec son successeur, amenez-le moi ici. »

.·.

« Alors, monsieur le curé, dit la marquise après avoir échangé avec l'abbé quelques paroles banales, ainsi que font ordinairement les gens qui se voient pour la première fois, alors vous voilà installé à Givray ! Un bien vilain pays, monsieur le curé, et de bien vilaines gens...

— De pauvres gens, tout simplement, madame la marquise, répondit l'abbé Brûlot !

— Je vous avouerai que je ne connais d'eux que leur réputation, répondit la marquise ; je n'ai jamais mis les pieds à Givray ; votre prédécesseur qui me rendait parfois visite, et à qui je remettais quelque argent pour ses pauvres, m'a plusieurs fois déclaré qu'il n'avait jamais rencontré une aussi mauvaise paroisse ; il paraît qu'il y a des ménages irréguliers, des enfants qui ne sont pas baptisés, jamais un homme à la messe, c'est abominable !

— C'est en effet bien triste, madame la marquise, mais ces malheureux ne sont pas si coupables que vous le croyez.

— Comment, mais on m'a raconté que la plupart des ouvriers qui travaillaient dans les usines étaient des socialistes, des anarchistes même.

— C'est en effet exact, madame la marquise, mais si ces malheureux en sont arrivés à ce que vous dites, ils ne sont pas les seuls responsables ; si des idées subversives ont pu s'implanter dans leurs cerveaux, c'est que personne ne s'est trouvé au milieu d'eux pour leur prouver que ces idées étaient mauvaises ; si quelques-uns d'entre eux ont été aigris par la misère et les privations, ne peut-on se demander si cette misère ne pouvait pas être soulagée, et si ceux que Dieu a placés auprès des pauvres et des souffrants pour leur venir en aide, ont toujours fait ce que Dieu leur commandait de faire.

— Ah mais dites donc, l'abbé !

— Madame la marquise ?

— D'après ce que vous me dites-là, savez-vous l'idée qui me vient à l'esprit ?

— Non, madame !

— Je me demande si vous n'êtes pas un de ces curés démocrates dont on parle depuis quelque temps ; en ce cas, je le regretterais pour vous, car vous savez, je ne les aime pas, moi, les curés démocrates !

— Alors, madame la marquise, c'est que vous ne savez pas ce que c'est qu'un curé démocrate.

— Mais...

— Et puisque vous ne le savez pas, je vais avoir l'honneur de vous l'apprendre ! »

L'abbé Brûlot qui, jusqu'alors, s'était tenu debout devant le banc sur lequel la marquise de Présart était assise, vint s'asseoir sur le banc, et avant que la vieille dame, surprise de ce sans-gêne, eût eu le temps de faire un geste, le curé commençait son explication.

*
* *

« Un curé démocrate, madame la marquise, c'est un prêtre, qui, lorsqu'il a rempli tous les devoirs que lui impose son ministère, lorsqu'il a confessé, baptisé, marié, enterré, dit sa messe, fait son catéchisme, considère qu'il a simplement accompli une très faible partie de sa tâche, et que le plus difficile reste à faire.

« Pendant un certain temps, on a cru que le rôle du prêtre se bornait à prendre soin uniquement de l'âme de ses ouailles; nous autres, curés démocrates, nous nous sommes dit que nous devions nous préoccuper non seulement des âmes, mais aussi des corps ; et c'est pourquoi, madame la marquise, sans négliger aucun des devoirs que m'impose mon ministère, je me suis mis en tête de transformer cette paroisse misérable ; comme vous le disiez tout à l'heure, les hommes ne venaient plus à l'église ; alors, au lieu de rester seul dans mon église déserte, je suis allé les trouver chez eux, et j'ai pu m'apercevoir qu'il ne manquait pas seulement des paroles de vérité dans les cerveaux, mais aussi et très souvent du pain dans la huche.

« Dès les premiers jours de mon arrivée à Givray, j'ai pu me rendre compte que les cabarets étaient, hélas ! beaucoup trop fréquentés ; mais un peu plus tard, j'ai vu par moi-même que les logis de la plupart des ouvriers n'avaient rien de bien agréable. Croyez-moi, madame la marquise, au lieu de se lamenter sur les progrès de l'impiété et des idées révolutionnaires, qui marchent toujours ensemble, il serait préférable de les combattre d'une manière efficace en diminuant la misère, en éclairant les âmes, en apportant aux malheureux qui souffrent et qui luttent, non pas une banale invitation à une résignation qu'ils n'accepteront pas, mais un peu de justice et de fraternité.

— Illusions que tout cela, l'abbé, déclara la

marquise ; ainsi chaque fois que votre prédécesseur me signalait une misère, je n'ai jamais hésité à lui donner de quoi la soulager, jamais il ne s'est vainement adressé à moi, ce qui n'empêche pas qu'il y a deux ans, au moment où ces diables se sont mis en grève, il ne se passait pas de jour sans qu'ils vinssent hurler l'*Internationale* ou la *Carmagnole* sous les murs de mon château !

— Cela ne prouve rien, madame, sinon qu'ils ne vous connaissaient pas, et que peut-être vous avez eu tort de ne pas faire vos aumônes vous-même.

— Comment ! vous voudriez que moi... j'aille chez ces gens...

— Ils n'ont rien de terrible, allez, madame, répondit le curé en souriant ; quand vous les connaîtrez mieux, vous verrez qu'on peut obtenir d'eux autre chose que des violences et des chants séditieux ; il suffit de savoir les prendre ; et tenez, madame la marquise, je vais vous donner une belle occasion de mériter leur reconnaissance.

— Comment cela ?

— En leur donnant le moyen d'employer leurs loisirs ailleurs que dans ces cabarets où ils s'abrutissent en buvant le pain de leurs enfants ; en vous intéressant à une œuvre qui peut contribuer à ramener la joie dans bien des foyers, la paix dans bien des consciences.

— Expliquez-vous ?

— Volontiers. »

Et le prêtre raconta alors à la vieille dame l'affaire et le procès de Bricoigne, la demande que le pauvre diable lui avait adressée le matin même ; sa joie de pouvoir s'occuper dans le jardin du presbytère ; il lui fit part de sa conversation avec le directeur de l'usine, au

sujet du terrain inculte, et du projet qu'il
avait formé de transformer ce terrain en jardins
qu'il mettrait gratuitement à la disposition des
ouvriers.

« Excellente idée, approuva la marquise ; je
veux être la première à contribuer à cette
bonne œuvre ; et tirant de sa poche son porte-
monnaie, elle y prit un billet de 100 francs
qu'elle tendit gracieusement au curé en lui
disant :

« Prenez, monsieur le curé, c'est tout ce
que j'ai sur moi ! »

Mais l'abbé Brûlot ne tendit pas la main ; il
ne bougea même pas, et répondit simplement :

« Alors, madame la marquise, je préfère
revenir un autre jour, car le terrain que je
désire acquérir coûte 6.000 francs, et j'espère
bien que vous ne me forcerez pas à parcourir
toute la région pour trouver une somme,
énorme pour moi, mais si minime pour vous. »

Et le plus correctement du monde, l'abbé
Brûlot prit congé de la marquise tout inter-
loquée.

.·.

Le lendemain matin, la marquise de Présart
descendait de sa voiture devant le presbytère.
« Bonjour, l'abbé, dit-elle au curé qui venait
au-devant d'elle, je viens vous rendre votre
visite, et vous apporter votre jardin, ajouta-
t-elle en tendant au prêtre une enveloppe dans
laquelle se trouvaient six billets de 1.000 fr.

— Allons, murmura le curé, je crois que
cette fois nous allons pouvoir faire de bon
travail !... »

IV. — LES JARDINS OUVRIERS.

Au bout de quelques mois, le terrain acheté par le curé de Givray était complètement transformé. Il était divisé en une centaine de petits jardinets très bien entretenus, où, à la place des chardons et du chiendent, poussaient maintenant des légumes de toutes sortes.

Au début, il y avait eu un peu d'hésitation; beaucoup d'ouvriers n'osaient se risquer à demander un jardin au curé; mais comme les premiers qui risquèrent cette démarche avaient été très bien reçus, les autres ne tardèrent pas, eux aussi, à prendre le chemin du presbytère.

Les jardins étaient mis gratuitement à la disposition des ouvriers; la seule condition qui leur était imposée, consistait à observer le règlement qui avait été établi et qui était assez bref.

Il y était dit que les travailleurs à qui l'on accordait un jardin devaient le cultiver eux-mêmes, qu'il leur serait immédiatement retiré s'ils le laissaient inculte; il était également stipulé que l'on devait s'engager à ne pas travailler le dimanche. La marquise de Présart avait mis deux de ses jardiniers à la disposition des travailleurs, pour leur apprendre à tirer le meilleur parti possible de leur terrain, et elle avait remis au curé qui en avait fait la distribution, une certaine quantité de graines et de plants qui avaient été accueillis avec reconnaissance.

Bientôt, il ne fut plus question à Givray et dans les environs que des jardins ouvriers créés par le nouveau curé.

Lorsque tous les petits carrés de terrain furent occupés, il restait beaucoup de demandes auxquelles il était impossible de donner satisfaction.

Mais l'abbé Brûlot promit que l'année suivante, il tâcherait de trouver un terrain suffisamment vaste pour répondre à toutes les demandes.

En été, le curé de Givray faisait sa promenade, après le repas du soir, vers les jardins. Une activité fiévreuse régnait partout. C'était un plaisir pour lui de voir tout le monde travaillant à qui mieux mieux.

Tous ces braves gens voulaient faire visiter en détail au curé leur petit domaine ; l'un s'extasiait devant un magnifique carré de petits pois en fleur ; l'autre montrait avec orgueil une moitié de son jardin où il avait planté des pommes de terre qui poussaient à merveille.

« Voyez, monsieur le curé, disait-il ; j'en aurai sûrement pour tout mon hiver ; l'année dernière, j'ai été forcé d'en acheter pour plus de cinquante francs. J'ai quatre gosses qui ont bon appétit ; avec ma récolte, ils pourront se régaler à bon compte.

— Comment, répondit le curé, vous comptez garder pour vous seul toute cette récolte ? Mais, mon ami, je croyais que vous étiez socialiste, autrefois ; vous avez donc changé d'idée ?...

— Pas du tout, monsieur le curé, je suis toujours socialiste, répondit l'ouvrier.

— Alors, mon ami, vous ne pouvez pas garder pour vous toutes vos pommes de terre ; vos idées vous font un devoir de partager votre récolte avec ceux de vos camarades qui sont en ce moment en train de se désaltérer dans les cabarets pendant que vous piochez votre jardin !

— Ah ! monsieur le curé, vous vous payez ma tête, dit en riant l'ouvrier, mais ça ne fait rien ; ceux dont vous parlez n'ont qu'à faire comme moi. » Et le brave homme reprit son travail, se hâtant pour rattraper le temps perdu. Sollicité par plusieurs ouvriers, le curé avait permis le travail pendant plusieurs dimanches, mais rien que dans la soirée. Il y avait presse et l'abbé Brûlot ne s'était pas fait tirer l'oreille pour accorder cette autorisation. Il terminait sa tournée après avoir échangé, comme d'habitude, une parole amicale avec les travailleurs, lorsqu'il se trouva en présence de M. Moriot, le directeur de l'usine, qui venait lui aussi visiter les jardins.

« Eh bien, l'abbé, vous voilà donc enfin converti ?

— Comment cela, converti, dit le curé, que voulez-vous dire ?

— Oui, votre fameux repos du dimanche, que vous vouliez acclimater ici, lors de votre arrivée, vous l'avez donc complètement aban- donné, puisqu'au contraire, c'est à cause de vous que tous ces gaillards-là vont s'escrimer dans leur jardin jusqu'à ce que la nuit les ren- voie chez eux ! Vraiment, si j'étais à votre place, je ne serais pas tranquille ; vous serez damné, l'abbé !

— Permettez, monsieur le directeur, je crois que vous exagérez un peu : Pourriez-vous me dire combien d'ouvriers se sont présentés à votre usine, ce matin ?

— Il est vrai que je n'en ai pas vu beaucoup, un certain nombre m'ont demandé congé pour travailler dans leur jardin; d'autres m'ont demandé la permission pour aider à leurs camarades ; de sorte que les présences ne sont pas nombreuses, et si cela continue, je ne tarderai probablement pas à fermer l'usine le dimanche.

— Mais, mon cher monsieur, je n'ai jamais souhaité autre chose ! le repos du dimanche, c'est cela, l'usine fermée, les ouvriers libres d'employer leur temps comme bon leur semble...

— Pardon, mais il me semble que travailler à l'usine ou travailler dans un jardin, c'est aussi bien d'une façon que de l'autre violer la loi de l'Eglise ?

— Pas tout à fait. Les ouvriers que vous enfermez dans votre usine depuis six heures du matin jusqu'à trois ou quatre heures de l'après-midi, vont invariablement terminer leur journée au cabaret, et si vous aviez étudié comme je l'ai fait moi-même la situation de ces pauvres gens, vous conviendriez qu'il ne peut guère en être autrement. Quant aux autres, leur situation est bien différente. Ce matin, ils se sont reposés, puisque le règlement leur défend de travailler dans leur jardin avant midi, ou bien ils aident leur femme aux travaux du ménage; savez-vous que ce matin j'avais plus de trente hommes à la grand'messe? Après le déjeuner pris en famille, tout le monde s'en va au jardin, le père pour y travailler, les gosses pour jouer, la mère pour les surveiller. Croyez-vous qu'ils ne sont pas mieux là, en plein air, que les autres, ceux qui vont s'enfermer dans une salle de cabaret aussitôt que vous les avez lâchés ?

Ils travaillent, dites-vous? je vous l'accorde, mais je vous assure que le bon Dieu ne leur fera pas un crime de ce travail-là, et pour ce qui me concerne, je suis bien tranquille, car ma conscience ne me reproche rien. »

En ce moment, le curé et le directeur passaient devant les portes de l'usine qui venaient de s'ouvrir pour livrer passage à une trentaine d'ouvriers.

« Tenez, dit le curé au directeur, attendez un instant, vous allez voir ce qu'ils vont faire! » Ce ne fut pas long; en moins d'une minute, les trente ouvriers étaient installés dans les quatre ou cinq caboulots situés en face de l'usine.

« Eh bien! dit le curé, qu'est-ce que je vous disais? Maintenant, ces malheureux vont rester là, jusqu'à ce qu'ils aient dépensé les quelques sous qu'ils ont gagnés depuis ce matin, et peut-être davantage. Lorsqu'ils rentreront chez eux, ce sera l'inévitable querelle avec la ménagère, peut-être pire encore; tandis que les autres vont rentrer chez eux joyeux, de bonne humeur, contents de leur journée; ils vont se reposer tranquillement, et demain ils vous reviendront gais et dispos, et je vous assure qu'ils auront du cœur à l'ouvrage. Voyez-vous maintenant la différence? »

M. Moriot dut s'avouer vaincu; et l'abbé Brûlot regagna son presbytère, recevant sur sa route les saluts respectueux de tous ceux qu'il rencontrait. Maintenant, la commune de Givray a cessé d'être la plus mauvaise paroisse du diocèse; chaque dimanche, l'église est pleine.

L'abbé Brûlot ne compte pas un ennemi dans le pays. Les marchands de vin eux-mêmes rendent hommage à son zèle et à sa charité.

« Il nous a fait beaucoup de tort, disent-ils en parlant de leur curé; mais c'est tout de même un bien brave homme!..... »